LUIS NIEVES VALLE

La

Casa

de los

Pájaros

Negros

La Casa de los pájaros negros
Luis Nieves Valle
Copyright © 2017 Luis Nieves Valle

Primera edición, marzo 2017
Calíope Editoras
Prohibida la reproducción total o parcial sin autorización

Obra de portada/ Hebé García Benítez
Diagramación/ Miguel Ángel Zayas
Diseño de portada/ Gabriela Díaz
Corrección y edición / Rubis Camacho
Foto de solapa / Eduardo González

Calíope Editoras
P O Box 106
Manatí Puerto Rico
00674
caliope59@outlook.com

ISBN-978-0-9984074-4-9

Hecho en Puerto Rico

LUIS NIEVES VALLE

La Casa de los Pájaros Negros

CALÍOPE
EDITORAS

A mi querida esposa Maresa,
porque sostiene mis proyectos.

A mis hijos, nietos y bisnietos,
Porque encienden la luz del futuro.

A esos compinches de mis arranques artísticos
a quienes llamo amigos.

En una acogedora casona al norte de una isla tropical, en un campo entre montañas, un grupo de amigos y sus esposas disfrutan de un largo fin de semana. Jaime, el propietario, es médico, Antonio es dentista y Pepe es psicólogo.

Han pasado el día bañándose en el río, jugando tenis y dando caminatas por el bosque. Llegada la noche; cenan bajo la luz de los candiles. El cielo está en luna nueva. La sobremesa transcurre en el balcón, saboreando un añejado jerez y escuchando la sinfonía de los pájaros, cigarras y coquíes. Es el ambiente idóneo para evocar mitos, cuentos y experiencias del pasado.

1

-En la vida ocurren cosas que no tienen explicación - comenta Pepe.

-¿Como cuáles?- pregunta Jaime, con curiosidad.

-Los presentimientos, las coincidencias, las apariciones - responde el primero-.

Fíjense, uno de mis clientes tiene cinco hijos, y un día los llevó al teatro a escuchar un ensayo de ópera. Al cabo de un rato, los hijos se sintieron cansados. Decidieron marcharse, pero algo le dijo a mi cliente que esperara unos cinco minutos, y así lo hizo. Una vez afuera, escucharon varios disparos muy cerca. Se tiraron al suelo, esperaron un rato y luego se dirigieron al auto. ¿Cuál fue su sorpresa? Habían asaltado al dueño del auto que estaba estacionado detrás del de ellos. El tramoyista del teatro había salido a buscar algo, y ahora yacía sin vida, tendido sobre un charco de sangre.

-¿Qué hubiese sucedido de ser ellos los primeros en llegar al sitio? ¿Qué fue lo que detuvo al padre durante esos cinco minutos? -Pregunta Antonio.

-Será que tuvo un presentimiento -contesta Pepe.

-Ese relato se parece a lo que me contó un paciente -agrega Antonio-.

El hombre fue con sus hijos al cine. Después de la función, decidieron ir a comer a un restaurante. Al entrar, los hijos optaron por sentarse en una de las mesas delanteras con vista a la calle. Mi paciente les dijo que era mejor sentarse en la última mesa, pegada a la pared posterior. Una vez allí, ocurrió una balacera en la calle frente al negocio. Se tiraron todos al piso. Los cristales del restaurante se hicieron añicos. En la barra no quedó una botella de licor; no se salvaron ni los espejos. Cuando investigaron los hechos, descubrieron que se trataba de un accidente; un carro patrulla de la policía transportaba una carabina automática a la que se le zafó el seguro. El arma se disparó sola. Por suerte, no hubo personas heridas.

-¡Qué coincidencia con el relato anterior! -Comenta Jaime.- Creo que son supersticiones. ¿Creen en la predestinación? Tengo un amigo a quien, a la edad de diez años, una señora del campo lo llamó para hablarle de su futuro, usando de medio un vaso de agua. Mirando el vaso le dijo: "Cuando seas grande, irás en barco a un país lejano a estudiar medicina". Se graduó de médico en Europa y hoy se está retirando. Me dijo que la escena del barco en el mar con la estela blanca, fue como ver una película a colores dentro del vaso de agua.

2

-Suceden cosas increíbles -sostiene Pepe-. A veces se me hace difícil descifrar lo cierto de lo irreal en las cosas que me cuentan mis clientes. Dentro de su bipolaridad o esquizofrenia, son mentes con encrucijadas.

-Escuchen mi historia -dijo Antonio-.

Resulta que un domingo en la tarde, en el área de la piscina de mi condominio, a una mujer que estaba recostada cogiendo el sol, le tiraron desde lo alto un cubito de hielo. El cubito le dio en la cara. El marido culpó a mi sobrino de doce años, quien estaba en el balcón de su apartamiento en un quinto piso. El hombre subió y le dio una cachetada. El niño corrió a notificárselo a su papá, quien estaba en el piso trece visitando a un familiar. Regresaron al lugar, pero no encontraron al individuo que le pegó al niño. Nadie pudo identificarlo. Pasó un mes y mi hermano fue invitado a la casa de un amigo, donde comió opíparamente. A la hora del postre, le entraron deseos de irse. Su esposa y los anfitriones trataron de impedírselo, pero él insistió. Se marcharon. Los anfitriones se quedaron preocupados por su actitud. De regreso a su hogar, le sorprendió un hambre atroz, como si no hubiese comido en todo el día. Le vino un gran antojo de comerse un churrasco en el restaurante argentino de la calle Bolívar. -¡Pero, si acabas de comer tanto! Hasta rechazaste el postre que más te gusta. -Le dijo la esposa-. Lo sé, pero quiero ir allá a comerme ese churrasco.

Al entrar al restaurante, el niño lo haló del brazo y le susurró al oído: -Papi, ese es el hombre que me pegó. - El hombre estaba pagando su cuenta para irse. El resto es historia. ¿Qué me dicen ustedes de todo esto?

-No tengo explicación médica alguna, pero te lo creo - contesta Jaime.

-Ahora me toca contarles mi historia -señala Carlota, la esposa de Jaime-.

2

Ocurrió a finales del siglo XIX y principios del XX. Papá nos relataba todas las noches un episodio de lo que aconteció en la casa de los pájaros negros. Si ven o sienten algo extraño durante el relato, es que no estamos solos.

Al sur de una isla en el caribe, hay una playa bañada de tenues olas, arropada de un vaho caliente. El sol radiante obliga al isleño a ociar en las palmeras para contemplar el deslizamiento de los manatíes.

Enclavadas entre los cocotales, a lo largo de la costa, se veían antiguas casonas con mangle a sus espaldas. Eran las delicias de sus dueños. Ahora son tan sólo recuerdos.

La penúltima casa al oeste del litoral, perteneció a un maestro llamado Amador, retirado, viudo y sin descendientes. Se dedicaba a la pesca y en sus ratos libres a la pintura. A esta casa se le conoció como La Casa de los Pájaros Negros.

A la derecha, estaba la vivienda de una familia de ascendencia alemana, de apellido Kramer. Su única hija, Stephany, fue educada con maestros particulares. La enseñanza del piano estuvo a cargo de su madre, maestra de música en su país natal. Su padre, agricultor, murió de una enfermedad tropical. Quedó huérfana a la edad de 18 años, sin familiares cercanos. Desde entonces, se dedicó a tocar el piano y a leer novelas románticas. En las mañanas, solía darle agua y alimentos a las aves, sus únicas amigas. Reía y cantaba cuando revoloteaban a su alrededor.

La casa de los pájaros negros estaba ubicada frente al mar, a pasos de la arena. Tenía dos pisos y un ático. Estaba construida sobre pilotes. Se subía por una escalera externa al primer piso, y luego, por una interna al segundo. Había un corredor con otra escalera que iba al ático, techos en dos aguas, y en la fachada despuntaban dos rosetones con vitrales a colores. Las puertas mostraban soles truncos. En el primer piso, un amplio balcón con barandal daba al mar. Toda la casa era en madera de caoba y los soportales de ausubo. En los suelos, las tablas guardaban una hendidura entre ellas para la circulación del aire, y por ellas se veía la arena. Del techo del balcón colgaban atarrayas adornadas con caracoles. En las paredes de la sala, había cuadros de marinas al óleo. En el segundo piso, en el corredor, muy cerca de la escalera, descansaba una pecera grande con peces tropicales de múltiples colores. En el ático estaba el estudio de pintura y una ventana con un telescopio mirando hacia la playa, por donde Armando pudo ver la metamorfosis de Stephany de niña a mujer. Al frente de la casa, un enorme árbol de almendro tropical daba su sombra. A todo esto lo envolvía un manto transparente de misterio.

-Es muy penoso que por el urbanismo haya ocurrido el desmonte de nuestros primitivos bosques, haciendo desaparecer de nuestro país la mayoría de estas exquisitas maderas. – Interrumpe Jaime.

-En plena juventud, Stephany lucía bien con trajes largos – continúa Carlota.- Su cabello negro, recogido en forma de moño con lazos, la hacía parecer mayor. La mirada, la sonrisa y el caminar sensual, la convirtieron en una mujer muy atractiva. Siempre perfumada, emanaba aroma a gardenias. Su joya preferida era una sortija con un rubí, regalo de sus padres en su quinceañero. En las tardes, acostumbraba caminar en la playa en bata multicolor para observar el crepúsculo, y luego darse un chapuzón con todo y bata. Al salir mojada, se veían sus pechos bien formados, con los pezones erectos por el frío. Entonces bailaba, cantaba y se tiraba sobre la arena a mirar al firmamento, mientras, desde el ático, su vecino no cesaba de otearla con el telescopio sin que ella lo notara.

Armando decidió pintarla al óleo mientras ella disfrutaba de su playa. Eran tantos los deseos de llegar hasta ella, hablarle y sentirla cerca, que su sueño se cumplió.

-¡Hola, Stephany! Hacía tiempo que no te veía por estos lares -dijo nervioso.

-Creo que desde la muerte de mi padre. ¿Cómo estás?

-Recuerdo cuando eras niña. Has crecido y ahora es cuando más te pareces a tu madre.

-Los añoro mucho.

-También sé que has progresado mucho en el piano.

-Sí, es la forma en que sublimo…

-Te ves muy romántica, y quiero que sepas que mientras disfrutas de tus acostumbrados baños en la playa, aprovecho para pintarte. Te hice una pintura al óleo.

-¿Me espías? -exclamó.

-Te he visto crecer día a día -dijo Armando entusiasmado.- Quiero que vengas conmigo para que veas el cuadro.

Ella meditó unos instantes, y aun dudosa decidió acompañarlo.

-Está bien, iré, pero tengo que regresar a casa para terminar unas tareas.

-Te juro que no tardaremos.

De la mente de Armando surgieron los deseos carnales que venía forjando desde hacía tiempo: "Llevo cinco años de viudez y la atracción que tengo hacia ella es incontrolable". Llegaron a la casa, subieron al estudio y ella vio la pintura.

-Estoy impresionada.

Armando la invitó a que viera las otras obras pintadas por él, mientras iba por unos refrescos. Una vez lejos de ella, los mezcló con ron. Hizo que ella repitiera varios tragos. Al notar que Stephany ya se encontraba bajo los efectos del alcohol, la estrechó entre sus brazos, la besó y apretó contra su cuerpo. Ella lo rechazó empujándolo con fuerza, después salió corriendo. Al llegar al corredor del segundo piso, tropezó con la pecera, la volcó y rodó por la escalera hasta llegar al primer piso. Recibió un duro golpe en la cabeza. Los peces también rodaron, saltando alrededor de ella y luchando por sobrevivir.

Armando llegó hasta ella, la cogió entre sus brazos y vio que no reaccionaba. Entró en pánico. La muchacha era menor de edad, moría en su casa y no tenía quién la procurara. No le iban a creer el porqué de su muerte. Decidió enterrarla en los bajos de la casa, terreno arenoso, fácil para cavar la fosa, y luego que fuera el tiempo quien juzgase y pasara la cuenta.

Eran las siete de la noche cuando murió. Terminó de enterrarla a la una de la madrugada, pero se quedó con la duda de que estuviese viva.

Armando murió de un cólico miserere dos años después. Desde entonces, cuando llega el ocaso, pájaros negros anidan en el árbol de almendro, y la casa es arropada por un aroma a gardenias.

****

-¡Vale la pena oír este relato! ¡Abramos otra botella de vino para disfrutarlo mejor! Prosigue, Carlota -dice Jaime.

3

-Pablo y María, nacidos en el centro de la isla, eran profesores próximos a retirarse. Por tal razón, analizaban cómo invertir sus ahorros. Su único hijo trabajaba como ingeniero en la NASA. Desde la juventud, Pablo solía disfrutar las vacaciones en esa playa del sur. A bordo del catamarán de sus padres, gozaba de la placidez del mar. Desde entonces, estaba prendado de la casa. Le parecía que los rosetones eran los ojos de una cara sonriente, y que los balaustres eran los dientes del balcón. Sabía, que con el tiempo estas casas abandonadas pasaban a manos del gobierno, como propiedad del Departamento de Recursos Naturales.

-María, me gustaría que viéramos esa propiedad -dijo Pablo.

-Por lo que me has contado, estoy deseosa de verla.

-Sería bueno repararla y convertirla en una casa de alquiler para vacacionar -añadió Pablo.

Llegaron a la costa. La casa estaba muy deteriorada por las inclemencias del tiempo y la falta de mantenimiento. Aún así, Pablo se emocionó al recordar las alegres vacaciones que pasó allí, y el cariño que sentía por la vivienda de feliz cara.

Decidieron acercarse a una casa aledaña a la propiedad, para preguntar sobre la posibilidad de compra.

-¡Hola! Me llamo Pablo. Ella es María, mi esposa. Estamos buscando información sobre la casa de la derecha.

-¿Usted se refiere a La Casa de los Pájaros Negros? -respondió la anciana que estaba sentada en un antiguo banco de madera a la entrada de la residencia.

-¿Por qué ese nombre? -preguntó Pablo.

-Desde hace mucho tiempo, cuando llega el ocaso, unos pájaros negros se posan en el almendro que tiene al frente. Dicen que la casa está maldita, que se oyen voces y se ven celajes de noche; y que una dama sale de la parte baja de la casa llevando un candil que emana una luz azul amarillenta. Comentan que se dirige a la playa y desaparece como por encanto. También dicen que la casa de más abajo está hechizada. Allí vivía una joven que desapareció sin dejar rastro. Todos temen acercarse. Si ustedes quieren más información sobre la casa, vayan a las oficinas del municipio.

María se quedó anonadada y sin habla. Pablo le dio las gracias a la anciana. Luego, decidieron regresar a la casa abandonada. Al llegar al primer piso, se impresionaron por el deterioro.

-Siento escalofríos y un olor fuerte a gardenias -comentó María.

-Subamos al segundo piso -sugirió Pablo.

Los escalones crujieron con cada pisada, dando la sensación de estar a punto de partirse. Al llegar, Pablo sintió un ruido en el ático, parecían quejidos.

-María, ¿escuchas eso?

Sus corazones comenzaron a latir rápidamente y la piel se les puso de gallina. Decidieron ir hasta el ático. Una vez adentro, una ráfaga de viento cerró la puerta de súbito. Todo se hizo oscuro. Pablo abrazó a María.

-Todo esto es un mito, no creo en nada de lo que dicen. Estamos sugestionados por lo que nos contaron. Mañana iremos a ver al alcalde para saber cuáles son las opciones de compra.

-Yo hago lo que tú digas -le respondió María.

Al día siguiente llegaron a la Casa Alcaldía. Un empleado municipal les dio toda la información sobre la propiedad. La casa estaría en subasta la semana siguiente. Les ofrecieron todos los datos de la entidad que estaba a cargo de la subasta. Pablo y María quedaron en presentarse ese día.

En la fecha concertada, Pablo llevó dinero suficiente. Nadie más se presentó a la subasta. La pareja adquirió la propiedad por la oferta básica.

-Te lo dije, María, esta casa es para nosotros. Ahora tenemos que contratar a alguien que la reconstruya lo antes posible -dijo Pablo emocionado.

-Busquemos en las páginas amarillas -contestó María.

Hicieron cita con un tal José Pérez; un *handyman* que tenía un grupo de ayudantes. Todo lo componían, según sus credenciales. Vestía de blanco, usaba collares y pulseras multicolores, según le ordenaba su religión. Sus obreros seguían su creencia. El contrato fue firmado y dieron inicio a la reconstrucción de la casa.

El primer día de trabajo, temprano en la mañana, uno de los

obreros dijo:

-Guarden silencio, que alguien se queja de dolor.

Todos obedecieron pero no oyeron nada. Se rieron cogiendo de chanza al obrero.

-Tú estás loco, deja de tomar tanto licor -dijo uno de ellos.

Pasado un rato, otro obrero gritó con coraje:

-¡Alguien se llevó mi serrucho!

-Aquí nadie coge cosas de nadie -le contestó otro.

El serrucho no apareció. Tras una larga búsqueda, no se explicaban cómo la herramienta llegó hasta al ático.

En la tarde, otro obrero escuchó un sonido debajo de la casa, como si se estuviera ahorcando un perro. Miró a su alrededor y no vio nada. Tampoco le creyeron. Terminada la jornada, todos regresaron a sus casas comentando lo acontecido.

Al día siguiente, comenzaron a suceder cosas muy extrañas. José se quedó supervisando. De pronto, escuchó la música de un piano dentro de la casa, también le llegó un fuerte olor a gardenias. Fue a inspeccionar. No encontró nada, pero la música la escucharon todos. Luego, alguien tocó a la puerta varias veces. Al abrir no vieron a nadie. Los clavos, serruchos y martillos seguían desapareciendo. Todos comenzaron a sentir escalofríos y se atemorizaron. Decidieron no volver a trabajar en ese lugar. José llamó al dueño de la casa y le contó lo sucedido. Le dijo que la casa estaba endemoniada y que no quería seguir con el contrato. Pablo le pidió que le recomendara otros trabajadores.

Llegaron los nuevos obreros, pero renunciaron esa misma tarde.

Pablo consiguió que le terminaran la reconstrucción, a pesar de todos los incidentes. María se ocupó de darle un toque tropical a la decoración: el balcón con atarrayas adornadas con caracoles colgando del techo, una hamaca ancha, sillones hechos con maderas del país, cuadros de marinas al óleo en las paredes de la sala, una pecera de agua salada con peces tropicales de colores llamativos en el corredor del segundo piso, un salón de lectura en el ático, un gran telescopio asomado por la ventana para observar el panorama marino; además, un jardín infantil, columpios y un jacuzzi en el patio.

Hicieron la inauguración junto a sus amigos más íntimos y familiares, además del párroco. Le llamaron El Hostal del Amor. Pablo se encargó de la publicidad del lugar como hostal vacacional. María, preocupada por lo que le contaron los obreros, le sugirió a Pablo quedarse unos días en el hostal para corroborar si eran ciertos los rumores. Estaban conscientes de sus dudas. No ocurrió nada durante tres días, excepto el aroma a gardenias en algunas ocasiones y un sismo de poca intensidad.

****

-Hay una gran coincidencia -Pepe interrumpe.

-¿Cuál? -pregunta Carmen.

-Que después de tantos años, a María se le ocurriera decorar la casa igual a como la tenía Armando, y sin tener referencias. ¿Cómo es posible que estas cosas sucedan?

Nadie comenta; entonces Pepe pide que le llenen la copa con más vino.

4

En un pueblo al oeste de la isla, se hallaba una preciosa casa pintada de blanco, cobijada por un enorme árbol de mango. En ella vivían Fernando y Amelia. Él era dueño de una funeraria y ella era trabajadora social.

Se encontraban sentados en el comedor, discutiendo cómo iban a celebrar su décimo aniversario de bodas. Él insistía en que fuese en una playa solitaria para bañarse desnudos bajo la luz de la luna. Ella prefería un crucero. En ese instante, una fuerte ráfaga de viento con olor a gardenias hizo que las hojas del periódico que estaba sobre la mesa, giraran hasta las páginas de los clasificados y pararan en la foto que anunciaba la disponibilidad de un hostal playero para vacacionar. Fernando se levantó, vio la foto, no le interesó, cerró y continuó conversando con Amelia. De pronto, otra ráfaga de viento, con el mismo olor a gardenias, volvió a girar las hojas del periódico hasta llegar a la que tenía la foto del hostal. Fernando se dio cuenta y pensó que no podía haber tanta coincidencia. Se detuvo a leer.

-Mira, Amelia, creo que nos mandan al lugar perfecto para

pasar nuestro aniversario. Y hay una playa, allí podemos realizar lo que siempre he soñado hacer contigo.

-Llamemos a los Pérez -sugirió Amelia- a ver si quieren acompañarnos.

Los Pérez llegaron antes de lo imaginado. Fernando les contó lo ocurrido y les mostró la foto del periódico.

-No sé qué tiene esta foto, me produce escalofríos. Algo me dice que no vayan –dijo Pérez.

-¿Te crees adivino? -preguntó sarcásticamente Fernando.

-No es que me lo crea, pero es que esto me recuerda a mi abuelita Pulin. Ella era espiritista, la curandera del barrio. Le llevaban los niños con mal de ojo y los curaba. Cuando le hacían consultas, no fallaba en sus pronósticos y recomendaciones. Mi mamá también tiene esas facultades, no las practica pero las respeta. Me enseñó que la envidia existe.

-Tampoco creo en eso -dijo Fernando.

-Deja que te diga esto; me contó de una vecina muy envidiosa, que en una de sus visitas le cortó un gancho a una mata que mi madre cuidaba con esmero. Al otro día, la encontró marchita tirada sobre el suelo. Me aconsejó, que cuando recibiera una mata sembrada en tierra, de alguien con malas intenciones, que no la dejara en la casa y la tirara lejos. Sé que de ella heredé un poco de todo eso, así que conmigo no cuenten. Agradezco mucho su invitación y espero que la pasen bien.

-Mis empleados también me cuentan de cosas que suceden de noche en la funeraria, pero no le doy relevancia. Un abogado amigo me dijo lo siguiente: "Acostumbro visitar la tumba de mis padres todos los días a las once de la mañana. Están enterrados en un cementerio cercano a la playa. Un día, estacioné mi auto cerca de una de las tumbas. De momento, comencé a oír ruidos diabólicos, guturales, como si estuviesen ahorcando a alguien. Me bajé y mientras más me acercaba, el ruido se acrecentaba. Pensé que habían enterrado a alguien vivo en esa tumba. Me puse a meditar un rato para ver que hacía. Decidí ir a la oficina central del cementerio y notificarle del suceso, pero me arrepentí y no fui. Tuve temor de que pensaran que estaba loco o alucinando. Soy abogado. Me monté en el carro. Los seguros eléctricos de las puertas comenzaron a subir y bajar por si solos, el asiento a mi lado se hundió como si alguien se hubiese sentado. Salí de allí volando más rápido que una bala. Desde entonces no he vuelto".

¿Qué me dices, Amelia? ¿Vamos o nos quedamos?

-Deseo ir, pero es solo para complacerte.

Fue, entonces, cuando Fernando hizo la reservación.

Llegó el día del aniversario. Tuvieron que salir al mediodía debido a un problema en la funeraria. Una vez resuelto el asunto, emprendieron aquel viaje cuyo trayecto mostraba las bellezas naturales de la isla. Llegaron al atardecer, sin ningún percance. Fueron recibidos por Pablo y María. Después del tour por la casa y de acomodar las maletas, decidieron ponerse los trajes de baño y tomar unos cocteles en el balcón.

Desde la hamaca donde estaban acostados, vieron una nube de aves negras que anidaban en el árbol de almendro. También sintieron el aroma a gardenias. Al observar la luna llena reflejada en el mar, decidieron ir a la playa. Llevaron solo las toallas. Una vez allí, Fernando le pidió a Amelia que se quitara el traje de baño, pues la noche está muy cálida. Ella lo complació con mucho recato; era la primera vez que lo hacía. Fernando se despojó del suyo, tomó la mano de Amelia y la llevó mar adentro. El agua les cubrió los hombros, se besaron y abrazaron como si se fundieran en un solo cuerpo. Así estuvieron durante dos horas, hasta que Amelia vio una luz azul amarillenta acompañada de un fuerte olor a gardenias que se les acercaba.

-Fernando, ¿ves esa luz?

-La veo, alguien la trae.

Cuando ya la luz estaba cerca, se esfumó.

-Vámonos -sugirió Amelia, asustada- que esto no me gusta.

-No te asustes, no es nada.

Salieron del agua y fueron en busca de las toallas, pero no las encontraron. Caminaron desnudos hasta el hostal. Les preocupaba cómo desaparecieron las toallas, si la playa estaba solitaria. Se sirvieron unos tragos dobles, se ducharon juntos y se fueron a la cama. El reloj marcó las doce de la noche. Fernando tomó su pastilla azul, mientras ella lo estimulaba con sus mimos. De súbito, escucharon el crujir de los escalones, la cama se movía en todas direcciones, vibraban los cristales de las ventanas, las maletas y muebles daban contra las paredes y se oían las ollas y sartenes rebotando contra el piso de la cocina. Se escuchaban ruidos vibrantes por todas partes. Parecía un sismo, era un infierno por un largo rato, después le seguía un silencio espantoso. El olor a gardenias era más intenso. Fernando y Amelia estaban en estado catatónico. No hablaban ni se movían. Pasado un rato, se levantaron esperando ver la casa destrozada. Grande fue su sorpresa al ver que todo estaba intacto, como si nada hubiese pasado. Se miraron y supieron que había que irse lo antes posible del lugar.

Regresaron sin decir una palabra durante todo el trayecto. Llegaron a la casa a las cinco de la mañana.

-Hay que ver para creer -dijo Amelia, aún asustada.

-Ahora es que necesito de unas buenas vacaciones para recuperarme -le riposto Fernando.

****

Carmen, impresionada y confundida, interrumpe -dicen que nacemos con una cruz, un ángel y una estrella. Según el día en que nacemos, los astros influyen en nuestras vidas. Lo del karma y todas esas fuerzas positivas y negativas me dan mucho que pensar.

La noche se hace lúgubre y todos sienten escalofríos.

-No interrumpan más, que estoy loco porque Carlota termine con su relato. Me impacienta la historia. –dice Pepe.

5

Guillermo y Estervina vivían en la capital. Tenían dos hijos, un varón de diez años y una niña de ocho. Guillermo era ingeniero y Estervina era dentista. Tenían un amigo, también ingeniero, que se la pasaba haciendo bromas pesadas. Este amigo y su esposa tuvieron la oportunidad de pernoctar una noche en El Hostal del Amor. En cuanto regresaron, convencieron a Guillermo y a Estervina para que fueran a pasar unos días al Hostal. Querían confirmar lo que habían experimentado, sin advertirles de lo sucedido.

-Guillermo, acabamos de regresar de unas vacaciones -le dijo Amaury. -Si te cuento, no me vas a creer, ¿verdad, María?

-¿Dónde estuvieron? -preguntó Estervina.

-En el Hostal del Amor, al sur de la isla. Es una casa del siglo pasado, reconstruida. Todo es moderno en su interior, y tiene una playa que para qué te cuento. Los dueños son encantadores y los precios cómodos —les contó María.

-¿Cuánto tiempo estuvieron? -consultó Guillermo.

-Una semana -mintió Amaury.

-Si es así, dame la dirección -le dijo Guillermo. -Pensamos tomar unos días de descanso en dos semanas.

-Aquí te dejo la tarjeta con su dirección. Espero que disfruten. No dejen de llamar tan pronto regresen para que nos cuenten -dijo Amaury.

****

El día esperado llegó. La guagua cruzaba la isla de norte a sur, mientras los pasajeros disfrutaban el verdor de sus campos; increíbles vistas panorámicas que llegaban a la costa sur, tan diferente a la del norte por su color y la pasividad del Mar Caribe. Llegaron al hostal, inconfundible por las ventanas redondas, las puertas con los soles truncos y el árbol de almendro que les había descrito Amaury. Fueron recibidos, como siempre, por Pablo y María.

****

-¿No subiste mi maleta? -le gritó Estervina a Guillermo, quien aún permanecía en la entrada.

-Busca bien, las subí todas.

-No está -le repitió.

-Te juro que las bajé todas de la guagua.

No obstante, Guillermo fue a buscarla. La encontró y la llevó a la habitación. Al rato, oyó de nuevo a Estervina:

-Ahora no encuentro la de los niños.

-¿Será posible? -Revisé bien la guagua.

Guillermo volvió a la guagua y encontró allí las maletas de los niños.

-No puede ser.

La tarde se nubló, oscureció y relampagueó. Los niños se pusieron sus trajes de baño para tirarse a la piscina. Se lanzaron para disfrutar de los chorros. De pronto, el agua giró como un torbellino cada vez más fuerte. Los niños gritaron atemorizados. Fueron escuchados por sus padres, quienes bajaron inmediatamente a rescatarlos. Los calmaron y los dejaron en el área de los columpios. Pensaron que el asunto del torbellino fue un defecto mecánico.

No habían pasado treinta minutos cuando escucharon de nuevo los gritos de los niños. Los columpios los mecían con gran ímpetu, aunque nadie los empujaba. No se caían y era difícil detenerlos.

-¿Cómo explicas todo esto? -preguntó Estervina.

-Será por los vientos -respondió con dudas. -Llevemos los niños adentro. Mañana iremos a la playa. El cielo está encapotado y parece que va a llover.

La pareja se fue a descansar a su dormitorio y los niños se quedaron jugando en la sala. Uno de los pequeños cogió la bola de soccer, se la tiró a su hermanita, y esta la dejó caer. Una vez en el suelo, notó que la bola subía por la escalera sin la ayuda de nadie. De pronto, se les aparecieron dos niñas enanas, con pelo negro largo y desmarañado. Sus ojos saltones eran muy grandes. Rieron mostrando unos blancos y brillantes dientes en forma de serrucho. Una de ellas devolvió la pelota y desapareció sin dejar rastro. El niño, pálido y asustado, agarró a su hermana por la mano y la arrastró hasta la habitación de sus padres. Casi sin poder hablar, le narró lo sucedido. Guillermo, dudoso, miró a su mujer. Salieron juntos a inspeccionar. No vieron a nadie, pero la bola volvió a subir por la escalera.

-No puedo creer lo que estoy viendo, esto está en contra de la gravedad. No lo puedo explicar con las leyes de física que aprendí en el colegio de ingeniería. –Dijo Guillermo.

Fueron a recuperarse al balcón y desde allí vieron el retorno de las aves negras con el aroma a gardenias.

-Aquí están sucediendo cosas extrañas, será mejor que durmamos en una sola habitación -sugirió Estervina.

Durante la noche, oyeron voces y quejidos, también sintieron pasos en la escalera. A las seis de la mañana estaban de regreso en su casa. No veían la hora de llegar. Querían contar lo sucedido a sus amigos.

****

-Ya no se puede confiar en nadie. A veces creo que vivimos en un mundo doble, uno dentro del otro. ¿Será la cuarta dimensión? - comenta Antonio.

-Quiero saber cómo acaba esto. Escuchemos a Carlota - dice Pepe.

6

Hacía tres semanas que llovía copiosamente en toda la isla, había caído un promedio de seis pulgadas de agua en los últimos dos días, con derrumbamiento de terrenos y desbordamiento de ríos. La tarde estaba oscura y relampagueante. Los esposos García regresaban de visitar a unos familiares en un pueblo cercano, cuando el carro se les descompuso.

Estaban muy cansados. Al ver el anuncio del hostal, decidieron preguntar a un hombre que estaba sentado en el balcón. Tenía una paleta de pintor en la mano y estaba acompañado por una joven con moño negro.

-Buenas. ¿Me pueden decir si hay alojamiento disponible para esta noche? -preguntó José.

-Lo hay. Les mostraremos la habitación y nos encargaremos de bajarles las maletas. -contestó el hombre.

-¿Por qué hay tantos pájaros negros volando sobre esta casa? -preguntó José.

-Regresan para anidar en el árbol de almendro.

La joven del moño no le quitó los ojos de encima. Marta no se cansó de observarla y de sentir el olor a gardenias que emanaba.

-No para de llover. Cuando veníamos, en la radio informaron que en el cementerio de un pueblo del centro de la isla hubo un derrumbamiento, y que de las tumbas salieron los cadáveres. -le dijo a la joven.

—Es que en ese lugar, el frío y la humedad calan hasta los huesos -dijo la joven del moño.

-¿Hay algo de comer? —preguntó José.

-Pasen a la cocina y sírvanse -contestaron al unísono.

-Este guiso huele rico -comentó Marta.

Comieron hasta saciarse, luego pasaron al balcón. Marta le comentó a José que los anfitriones se veían muy raros, muy veloces; de momento estaban allí y al segundo en otro sitio. José le dijo que los veía muy pálidos y enigmáticos.

Se mecieron en los sillones, se deleitaron con la luna reflejada en el mar, y escucharon el batir de las olas hasta que fue hora de acostarse. Antes, Marta vio un celaje en la sala. Buscaron a los anfitriones para despedirse, pero no los hallaron. Se sentaron en la sala a esperar su regreso. La luz de la lámpara se apagó sola, José la prendió y se volvió a apagar. La encendió nuevamente. Vieron un cenicero grande dar vueltas sobre la mesa sin que mediara nadie, y no se cayó al suelo. José miró a Marta, quien tenía los ojos a punto de salir de sus órbitas. Vieron salir de la cocina a dos enanas con largas melenas negras corriendo hacia las escaleras. Mientras subían, enseñaban sus blancos y afilados dientes. La pareja entró en pánico. Marta le pidió a Santa Bárbara que los protegiera y se dirigieron a la habitación.

-¿Quién habrá subido las maletas? No le he dado las llaves del auto a nadie. -Se preguntó José.

Apenas durmieron a causa de los ruidos extraños, los truenos y relámpagos. Al amanecer escucharon alguien dando unos golpes en la puerta.

-¿Quién anda ahí? —gritó Pablo.

José se levantó, abrió la puerta y dio los buenos días.

-¿Quiénes son ustedes? ¿Quién les dio autorización para usurpar mi propiedad?

-Soy José y ella es Marta, mi esposa. Fuimos recibidos anoche por unos señores que nos dieron alojamiento y cena.

-¿Cómo eran ellos? -preguntó María.

José les dio la descripción.

-Es imposible, los únicos administradores somos nosotros y no hemos autorizado a nadie -afirmó Pablo.

-Te lo dije, José, que ellos eran muy raros -replicó Marta.

Buscaron por toda el hostal, pero ni rastro de ellos. Revisaron la cocina. Estaba inmaculada, sin evidencia de restos de comida. Todo estaba limpio.

-No me deben nada -sonrió Pablo.

Marta y José recogieron sus cosas y se fueron del lugar sin decir adiós.

-Ya es hora de buscar una respuesta a todo lo que acontece en esta casa -exclamó María, decidida.- Vamos a buscar ayuda con Juana la espiritista, aunque esto no sea aceptado por mi religión.

Tan pronto llegaron con Juana al hostal, le comenzaron vómitos en escopetazos y vértigos. Juana pidió a gritos que la devolvieran a su casa.

El espectro es demasiado fuerte y poderoso -dijo.

****

Los amigos en la casa de campo siguen tomando vino, mientras escuchan a Carlota.

-Siento un olor a perfume muy fuerte -interrumpe Carmen, muy nerviosa y aprensiva.

-Calma, chica, es la dama de medianoche que está abriendo. -le dice Carlota.

En ese momento, Antonio deja un solo candil encendido, poniendo el ambiente casi en penumbras.

7

Pablo siguió el consejo de María. Fue a ver al padre José, para indagar sobre un posible exorcismo al hostal.

-Pasen a la sacristía -les dijo el padre.

Ya sentados, Pablo le explicó con lujo de detalles los fenómenos sobrenaturales que estaban sucediendo en el hostal.

-Las cosas del diablo existen, pero debo decirles que no soy exorcista. La iglesia tiene sacerdotes preparados para eso. Estos son enviados para hacer un estudio del caso y saber si lo amerita. Tienen que ir al arzobispado y solicitarlo.

-Por favor, padre, ¿podría usted ir a bendecir nuevamente el hostal? -preguntó Pablo.

-Para que estés tranquilo, iré hoy a las tres de la tarde.

Mientras regresaban, María le dijo a Pablo:

-Mañana debemos ir al arzobispado.

El padre llegó puntual al hostal. Antes de lo acostumbrado, apareció la nube de pájaros negros. Los perros ladraron atemorizados. El padre se bajó de su auto con la botella de agua bendita en las manos. Una vez adentro, con mucha parsimonia encendió el incienso en el pebetero. Abrió su libro de rezos y empezó la ceremonia. Dispersó agua bendita por todas partes.

Subió las escaleras y cuando estaba en el último escalón arriba, un celaje con luz brillante lo obnubiló, perdió el equilibrio y cayó de espaldas. Rodó rebotando de escalón en escalón. La botella de agua bendita giró en el aire. Su cuerpo quedó tendido en el piso, sin conocimiento y magullado.

-¡Busca ayuda! –Gritó Pablo a María, mientras le echaba agua fría por la cabeza al padre.

El padre, ya recuperado pero aun mareado y con voz trabada dijo:

-Me siento bien, pero no tengo fuerzas para levantarme.

Llegó la ayuda médica, lo estabilizaron y se dirigieron al hospital. Pablo y María estaban perplejos, pensaban que el padre tuvo suerte de no haberse matado. Luego, lo acompañaron al hospital.

****

Jaime interrumpe a Carlota. -En la universidad tuve un maestro con un doctorado en química, que antes de comenzar la charla nos decía: "No creo en los brujos, pero de que los hay, los hay.

-También hay mucha gente posesa y me imagino que serán casos bien difíciles de resolver para los psiquiatras. –Interrumpe Pepe.

34

8

Entrada la noche, frente al hostal, llegó un grupo de santeros con ropa blanca y collares multicolores. Sobre sus cabezas llevaban bateas llenas de frutos, calabazas, aves y un pequeño cordero, además de una olla negra llena de osamentas que les facilitó un sepulturero para el trabajo con la muerte. Prepararon un culto religioso para celebrar el día de los santos. El mar estaba en calma, sereno, con brisa fresca.

Comenzó la celebración con cantos y bailes. A ritmo de tambores recordaron a sus ancestros africanos y evocaron a sus dioses, impregnando el ambiente con olor a sangre. De pronto, vieron una luz azul amarillenta y percibieron un fuerte olor a gardenias que se hizo más intenso a medida que la luz se les acercaba. Cesó la música de forma súbita y también los cantos. Las olas se hicieron más altas, la brisa avanzó en torbellinos. De la arena brotaron miles de cangrejos gigantes, era imposible no pisarlos. Los santeros corrieron, dejaron sus pertenencias y gritaron como desesperados. La playa se quedó vacía.

Regresaron confusos al día siguiente. No había huellas de cangrejos, ni de los trastes, ni los animales que habían llevado, solo quedaba el aroma a gardenias. Pensaron que los santos estaban furiosos y les rindieron tributos con cantos y tambores para aplacarlos.

****

Antonio, se toma su copa de jerez de un solo sorbo y comenta:

-Mis abuelos contaban que a mediados del 1700, sus antepasados vivían al norte del país, y que en ese entonces, sólo habían siete negros esclavos en el pueblo, con sus cultos y cantos religiosos africanos. Dominaba la religión católica. Eran excomulgados, igual que los espiritistas. No fue hasta mediados del siglo pasado que llegaron los cubanos babalaos, y ya son muchos los isleños que han hecho el santo.

Carlota pide un receso para luego continuar el relato, pero se lo niegan.

9

Pablo se encontraba solo en el recibidor del hostal. Eran las seis de la tarde. Tocaron a la puerta. Abrió y entró un señor acompañado de una fémina. Retornaron los pájaros negros al árbol de almendro y volvió a surgir el olor a gardenias. Se identificaron y solicitaron alojamiento. A Pablo no le gustó la fisonomía caquéctica y pálida del individuo, ni la mirada inquisitiva y penetrante de la mujer. Él era Godofredo y ella Penélope, oriundos del Brasil.

-¿Qué hacen por aquí? -preguntó Pablo.

-Estamos de vacaciones, nos encanta la isla -respondió ella.- Esperamos estar unos días en esta zona.

Subieron las maletas y regresaron a donde estaba Pablo, le pidieron agua y algo de comer. Fue entonces, que Pablo notó que un humo gris envolvió a Penélope. Su rostro cambió con espasmos y contracciones, los ojos le dieron vueltas, cayó al suelo, convulsionó y balbuceó con voz masculina.

-¿Es epiléptica? -preguntó Pablo, desconcertado ante la negativa del hombre.

La mujer se mantuvo así como por cinco minutos, mientras

Godofredo continuaba perplejo por lo acontecido. Nunca había visto nada igual. Ella se levantó mareada, se recostó en el sofá del recibidor y no dijo una palabra.

-¿Qué te ha sucedido? —le preguntó Godofredo agarrándose la cabeza.

Penélope ni siquiera balbuceó. Decidió llevarla a dar un paseo por la playa. Una vez allí, notó que unos pájaros negros se acercaban. Le picotearon la cabeza y la cara. Trató de quitárselos de encima con la ayuda de su mujer, pero eran tantos que no fue posible. Se echaron a correr hasta llegar al hostal, los pájaros fueron sobre ellos. Cuando llegaron, Pablo no sabía qué hacer. Finalmente le curó las heridas.

-Esas aves están endemoniadas -aseguró Godofredo-. Con la experiencia que tengo como ornitólogo, no hallo otra explicación.

Entonces, decidieron quedarse. Al rato, llegó María, y Pablo le contó lo sucedido.

—Ya nada me extraña —le respondió.

****

La reunión de los amigos en la casona se pone, cada vez, más interesante, mientras la noche se pone cada vez más fría y tenebrosa. Mientras los amigos de Carmen van en busca de los abrigos, esta se queda fija en un pensamiento: "Esto de los pájaros negros trae a mi memoria algo similar. No he visto esas aves antes. No debo temerles".

10

Era de día. María estaba en la sala ordenando unos arreglos florales, mientras Pablo hacía reservaciones a unos clientes por teléfono. De pronto, tocaron a la puerta. No esperaban a nadie. María fue a la puerta y se topó con un hombre sesentón, alto, blanco y rubicundo.

-¿En qué puedo servirle? -preguntó María.

-¿Vive aquí una joven alta, blanca y de pelo negro? La traje anoche.

-¿A qué hora?

-Eran como las once.

-Aquí no vive nadie así.

-No es posible, no estoy loco -se alteró el hombre.

-¿Cómo dio con ella?

-Venía solo en la camioneta, en dirección a mi finca. La encontré en el camino. Ella estaba bajo un árbol de acacia, me hizo señas para que me detuviera. Lo hice y me pidió que la llevara a casa. Se montó en el asiento delantero junto a mí, sin mediar palabra, solo miraba hacia afuera. Me llamó la atención su moño de pelo negro con un lazo azul. La traje a esta dirección.

-¿Cómo estaba vestida?

-Tenía un traje largo, blanco, emanaba un aroma a gardenias. Cuando llegamos, se desmontó, me miró sonriendo y siguió su camino. La seguí con mi vista, subió por estas escaleras y entró aquí. Hoy, cuando iba hacia el pueblo, encontré en el piso de la camioneta el lazo que llevaba puesto. Decidí traérselo.

-Siento mucho tener que repetirle que aquí no vive nadie con esa descripción -le respondió María, confundida.

-No hay problema. Le dejo a usted el lazo. Me voy porque tengo que hacer otras cosas.

María cogió el lazo y lo puso en el canasto de las flores. Llamó a Pablo para contarle lo sucedido.

-Es muy posible que ese hombre estuviera metido en tragos y no recordara bien la dirección a la que llevó a su pasajera.

María terminó su trabajo floral y fue en busca del lazo azul. Se cansó de buscarlo pero no lo encontró.

11

Josefina y Ricardo eran un matrimonio joven que pasaba por los problemas de los siete años de casados. Ella, siempre metida en el mundo de su computadora, y él afanado con su trabajo. Un día, durante una incursión por el internet, se le presentó el anuncio de un hostal vacacional que ofrecía fotos del lugar y de su litoral playero. Todo esto acompañado por un fuerte olor a gardenias. A Josefina no le importó y continuó con lo que estaba haciendo. Sin embargo, volvió a ver lo mismo; la imagen se repetía sola. Cerró la computadora, pero se quedó intrigada, creyendo que se trataba de un *hacker*. No veía la hora de que llegara Ricardo para contárselo.

-Deja que me duche -le dijo Ricardo, ya de noche-, y después veremos lo que sucede.

Josefina, después de servirle la cena, le rogó que la acompañara hasta la computadora.

-Está bien, vamos, pero déjame a mí bregar primero.

Luego de un largo rato tratando, no sucedió nada extraño.

-Déjame a mí —le dijo Josefina.

El anuncio y el olor a gardenias aparecieron de inmediato. Ricardo leyó la información.

-Oye, eso no está nada mal. No sería mala idea pasarnos unas vacaciones y así mejorar nuestras relaciones sexuales, como antes. Prueba de nuevo, a ver qué pasa.

El anuncio apareció todas las veces que fue requerido.

-Déjame llamar a ese lugar, que estoy intrigado.

En el hostal le tomaron los datos. Tenían reservación para la última semana de agosto.

-Ricardo, todo esto me suena como algo sobrenatural -comentó Josefina-. ¿Has tenido alguna experiencia con estas cosas?

-Sí, recuerdo que a los ocho años de edad, mientras leía un cómic recostado en el sofá, alguien por detrás me dio una bofetada. Miré detrás del sofá, y al no ver a nadie, salí corriendo como cuando el diablo le huye a la cruz. Algunas noches, mientras dormía, sentía que me elevaban y me dejaban caer -Ricardo hizo una pausa y prosiguió-. Tuve un amigo, que una vez fue a una funeraria a despedirse de su amiguito, quien había muerto arrollado por un camión. Ese mismo día, en la noche, recibió en su casa la visita de un niño, y este le pidió un favor. No lo relacionó con el niño del accidente. Entablaron una conversación. Cuando lo reconoció, el niñito desapareció como por encanto frente a sus ojos. La impresión fue tal, que se desmayó.

-¿Y tú le creíste?

-No tengo la menor duda de que así sucedió.

****

Pasaron dos semanas y llegaron al lugar. Se quedaron impresionados con la casa, la playa, el ambiente y sus alrededores, además del recibimiento con cocteles y entremeses de parte de los anfitriones. María les dio un recorrido por los pisos y quedaron encantados con la decoración tropical de las habitaciones, la moderna cocina y sobre todo, con el acogedor balcón que daba a la playa.

Pablo y María se despidieron y ellos se quedaron solos. Colocarían sus pertenencias luego de dar un paseo por la playa. Más tarde, a la puesta del sol, decidieron regresar a la casa para la cena. Notaron una gran cantidad de aves negras que revoloteaban sobre la casa y anidaban en el almendro, también percibieron el olor a gardenias. Esto les llamó mucho la atención. Josefina decidió ir a ducharse. Una vez en la bañera, llamó a Ricardo.

-¿Qué sucede?

- Me enjaboné y ahora no encuentro el jabón.

-Eres boba, lo dejaste en el lavamanos. Tómalo.

-¡Ricardo, Ricardo! =gritó nuevamente.

-¿Y ahora?

-Lo mismo, no encuentro el jabón.

-Está otra vez en el lavamanos.

-No sé cómo llega hasta allí, lo pongo siempre en la jabonera.

-Será que hay duendes -sonríe Ricardo.

Ella también rió, pero siguió preocupada por la situación.

Luego de un rato, Josefina se dirigió a la cocina para preparar la cena. Prendió la estufa y cuando puso la sartén, la estufa se apagó sola. La encendió nuevamente y ocurrió lo mismo. Llamó a Ricardo, quien ya se había duchado. Llegó e inspeccionó la cocina. No le encontró defecto alguno a la estufa. Terminaron de cenar a las nueve de la noche y decidieron ir al balcón para relajarse. Cuando ya estaban instalados, percibieron el olor a gardenias. Josefina vio una luz azul amarillenta que iba en dirección a la playa, como un celaje. Ricardo también observó esa luz.

-Eso debe de ser una cigarra o un cucubano —comentó-. Vamos a acostarnos que estoy muy cansado.

Ya en la habitación, Josefina comenzó a excitarlo. Él le

correspondió con mimos. Cuando estaban dispuestos a hacer el amor, escucharon una ráfaga de viento y salieron al pasillo. Vieron una tormenta de arena, como un simún en el desierto. La arena se metía al hostal a través de las hendijas del primer piso. Apenas se podía ver, creyeron que se llenaría toda la casa de arena. Decidieron regresar y encerrarse en la habitación. El ruido era ensordecedor, duró un buen rato, luego un silencio espeluznante. Salieron de nuevo al pasillo. Todo estaba intacto como antes, y ni un solo grano de arena quedaba de rastro. Callados, permanecieron asidos uno al otro.

-¿Qué ha pasado? —preguntó Josefina.

-No sé nada -le contestó Ricardo-. Presiento que algo grave tiene que haber ocurrido en esta casa, y alguien no quiere que se sepa. Voy al baño, no tardo.

Una vez allí, mientras se lavaba la cara, oyó un ruido. Buscó, lo escuchó saliendo del botiquín, como si hubiese un insecto arañando sus paredes. Al mismo tiempo sintió un fuerte olor a gardenias. Abrió el botiquín, miró y no vio nada. Salió en busca de Josefina, le contó lo sucedido. Regresaron al baño. El olor a gardenias se hizo cada vez más intenso. Miraron al espejo. Vieron la figura de un hombre tirando de los moños a una mujer que luchaba por zafarse. De pronto, el espejo se hizo añicos. Se quedaron perplejos. El aroma a gardenias estaba en todas partes. A

Ricardo se le ocurrió preguntarle al botiquín:

-¿Quieres comunicarte conmigo? Para decir sí, toca una vez, de lo contrario dos veces. Esperó un rato y escuchó un tic.

-¿Eres hombre?

-Tic, tic

-¿Moriste en esta casa?

-Tic

-¿Muerte natural?

-Tic, tic

-¿Accidente?

-Tic

-¿Estás en el cementerio?

-Tic, tic

-¿Enterrada aquí?

-Tic

-¿En el patio?

-Tic, tic

-¿Debajo de la casa?

-Tic

-¿Al norte?

-Tic, tic

-¿Al sur?

-Tic

-¿Quieres que te desentierren?

-Tic

Se quedaron atónitos. Él le repitió las mismas preguntas para asegurarse. Obtuvo los mismos resultados. Al amanecer, llamó a Pablo para contarle del suceso. Pablo, al enterarse, no podía creerlo. Decidió buscar gente para localizar la sepultura, pero antes notificó a la policía y al fiscal, quien dio la orden para hacerlo.

Localizaron el sitio y comenzaron la excavación. Cuando estaban a seis pies de profundidad, vieron la osamenta de una joven con cabello negro enredado en un moño, y cubierta por una bata blanca. El cadáver emanaba aroma a gardenias.

Fue exhumada. Al inspeccionarla, descubrieron una sortija con un rubí en la falange anular derecha. La piedra estaba inscrita: *Stephany Kramer Krantz 8/8/1888.* Fue llevada a medicina forense, en donde encontraron la causa de la muerte, traumatismo craneal. El lugar del enterramiento y los hechos fueron relacionados con Armando.

-De haber estado vivo hoy, habrían acusado a Armando de homicidio por acoso y otros cargos por ocultar las pruebas - comenta Jaime.

-No interrumpas y deja que Carlota termine el relato -Carmen riposta.

-Las autoridades hicieron la investigación de su familia en el registro demográfico, y encontraron información de sus padres. Por el internet lograron obtener información de algunos de sus ancestros. La enterraron en la tumba de sus padres. Josefina y Ricardo, muy complacidos por el desenlace obtenido, decidieron quedarse unos días más en el hostal para disfrutar del nuevo ambiente de remanso y tranquilidad.

Desde ese día, no volvieron a posarse los pájaros negros en el viejo almendro, ni se sintió el aroma a gardenias. Pablo y María decidieron construir un apartamiento para ellos detrás del hostal, y comprar la casa que era de Stephany para convertirla en otro hostal.

EPÍLOGO

En la casona, los amigos están impresionados y maravillados por el relato de Carlota, y sin hacer más comentarios deciden ir en silencio a descansar. Al amanecer, regresarán a sus casas. La noche se torna sonora por el cantío de los pájaros, búhos, grillos, cigarras y truenos. Después, hace frío y oscuridad; una intensa lluvia que en medio de la tiniebla se prolonga hasta la madrugada.

SOBRE EL AUTOR

Realizó sus grados superiores en el Colegio San Antonio de Isabela. Hizo su Bachillerato en Ciencias Naturales en la Universidad de Puerto Rico, y posteriormente se trasladó a España para estudiar medicina en La Universidad de Salamanca. La Especialidad en Urología la hizo en el Centro Médico de Puerto Rico. Nieves Valle divide su tiempo entre grandes pasiones: la pintura, la medicina y la literatura. Tiene publicada una novela titulada **Bocanadas**. Actualmente trabaja en su tercera novela y en un libro de relatos.

HEBÉ GARCÍA BENITEZ

autora de obra de la portada

Originaria de Puerto Rico, actualmente vive y trabaja en Abiquiu, Nuevo México. Su trabajo -una amplia gama de pintura, escultura e instalación- explora las intersecciones del feminismo, la mitología y las raíces culturales. El trabajo de García forma parte de colecciones privadas y públicas a través de Estados Unidos y Puerto Rico.

Recientemente, su obra fue adquirida por el Museo Francisco Oller en Bayamón, Puerto Rico para su colección permanente.

ÍNDICE

Acogedora Casona